MEMÓRIAS DA CARNE, TATO NO ENCONTRO

[antepoemas
y outras escrituras]

rômulo silva

URUTAU

agosto de 2024

O —

editora Urutau

rua do cajú, 478
jardim das cerejeiras, 06724-015
cotia-sp
brasil

rua dr. manuel pacheco nobre, 128, 5 esquerdo
2830-080 barreiro (setúbal)
portugal

[+55] 11 95608 8983 [brasil]
www.editoraurutau.com

[EDITORA]
debora ribeiro rendelli
[REVISÃO]
victor negri
[PROJETO GRÁFICO]
wladimir vaz
[COORDENAÇÃO GRÁFICA]
tiago fabris rendelli
[DIAGRAMAÇÃO]
victor h. azevedo

Dados Internacionais de Catalogação na Publicação (CIP) de acordo com ISBD

Silva, Rômulo
S586m Memórias da carne, tato no encontro: [antepoemas y outras escrituras] / Rômulo Silva. - Cotia : Urutau, 2024. 84 p. ; 13cm x 16,5cm.

ISBN: 978-65-5900-783-7

1. Literatura brasileira. 2. Poesia. I. Título.

CDD 869.1
2024-2622 CDU 821.134.3(81)-1

Elaborado por Odilio Hilario Moreira Junior - CRB-8/9949

Índice para catálogo sistemático:
1. Literatura brasileira : Poesia 869.1
2. Literatura brasileira : Poesia 821.134.3(81)-1

sumário

à ayaná tiê [passarinho-flôr],
que com seu amor,
me convida a nascer e a morrer todos os dias

Eu não queria me formar
Não queria nascer
Não queria tomar forma humana
Carne humana e matéria humana
Não queria saber de viver
Não queria saber da vida

Eu não tive querer
nem vontade pra essas coisas
E até hoje eu não tenho querer
nem vontade pra essas coisas

***

Não sou eu que gosto de nascer
Eles é que me botam para nascer todo dia
E sempre que eu morro me ressuscitam
Me encarnam me desencarnam me reencarnam
Me formam em menos de um segundo
Se eu sumir desaparecer eles me procuram onde
eu estiver
Pra estar olhando pro gás pras paredes pro teto
Ou pra cabeça deles e pro corpo deles

***

eu era gases puro, ar, espaço vazio, tempo
eu era ar, espaço vazio, tempo
e gazes puro, assim, ó, espaço vazio, ó
eu não tinha formação
não tinha formatura
não tinha onde fazer cabeça
fazer braço, fazer corpo
fazer orelha, fazer nariz
fazer céu da boca, fazer falatório
fazer músculo, fazer dente

eu não tinha onde fazer nada dessas coisas
fazer cabeça, pensar em alguma coisa
ser útil, inteligente, ser raciocínio
não tinha onde tirar nada disso
eu era espaço vazio puro

Stela do Patrocínio
Reino dos bichos e dos animais é o meu nome

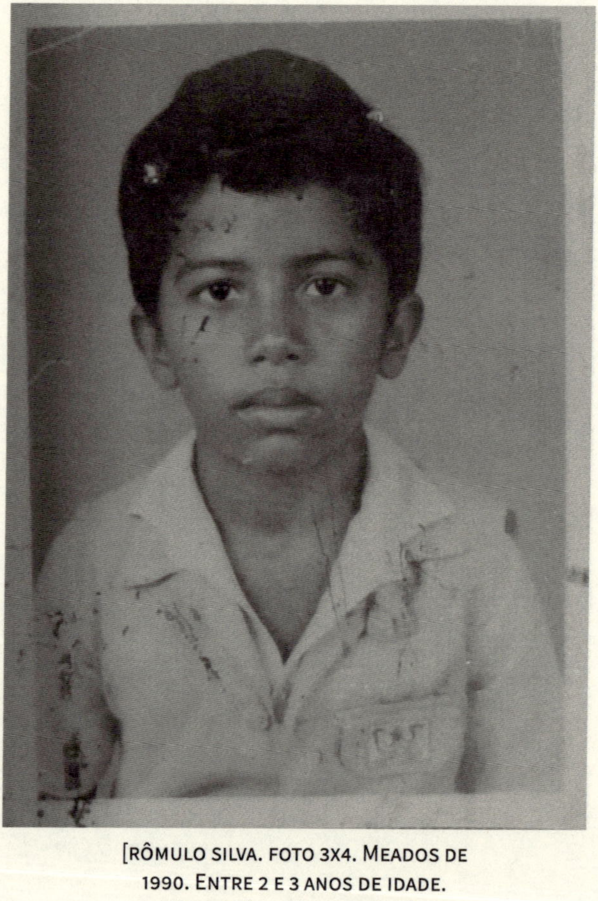

[Rômulo Silva. Foto 3x4. Meados de 1990. Entre 2 e 3 anos de idade. Fonte: Arquivo pessoal]

[prefácio]

> *As câmeras deram às pessoas negras, independentemente de classe, um meio pelo qual pudéssemos participar plenamente da produção de imagens. Por isso, é essencial que qualquer discussão teórica da relação da vida negra com o visual, com o fazer artístico, assuma a fotografia como centro.*
>
> BELL HOOKS

A lente é uma parte fundamental da câmera fotográfica. É através dessa fresta na caixa preta que a luz sensibiliza uma superfície. Existem diferentes tipos de lentes e cada uma produz diferentes modos de ver. Há lentes que "veem" como o olho humano, outras são indicadas para fazer retratos, e tem aquelas que são mais recomendadas para registrar paisagens. Lentes que ampliam coisas tão pequenas que jamais seríamos capazes de ver a olho nu, enquanto há aquelas com as quais nos sentimos perto das estrelas.

Um conjunto de lentes forma uma lente fotográfica (que também chamamos de "objetiva"). Como as páginas de certos tipos de álbum, a lente é feita de materiais transparentes, como vidro e plástico, para tentar garantir uma certa precisão quando olhamos através delas. Esta é uma das funções da objetiva: corrigir as "distorções" de perspectiva entre a câmera, a pessoa que fotografa e o mundo fotografado.

A questão não é discutir se a lente é (ou não) transparente. Isso não nos interessa aqui. Sem descartar a sua materialidade, é através dos sentidos atribuídos a ela que estamos passando neste momento. Isso quer dizer que uma lente não pode ser ingenuamente entendida como algo transparente em essência e sim que deve ser percebida como algo que fabrica a sua própria "transparência" e assim afeta, deforma e condiciona o nosso olhar, a relação que construímos com o mundo.

Nesse sentido, o que acontece se aproximarmos o gesto de escrever e o gesto de fotografar? Podemos dizer que quando escrevemos memórias seria como... posar para um retrato? Seria possível "corrigir" as distorções da memória e escrever palavras que descrevam "precisamente" uma lembrança? É isso que *memórias da carne, tato no encontro* nos convida a refletir. Como num álbum de fotografias, Rômulo Silva nos apresenta um conjunto de antepoemas — ou retratos — com as quais reconstruímos sua trajetória de 20 anos de escrita.

As antepoemas carregam fragmentos de tempo com cheiros, texturas, sabores, temperaturas. Quais momentos foram registrados aqui? E quais não foram? O que restou desses momentos vividos? O que é considerado digno de ser registrado e recordado? Se, historicamente, o álbum é um *arquivo branco* onde o privilégio de criar imagens de nós mesmas(os) foi/tem sido negado às pessoas marcadas pela experiência da raça, da pobreza, bem como da dissidência das normas do sexo e do gênero, o livro nos oferece um mundo de imagens contra-hegemônico, seu trabalho é recuperar imagens que podemos amar.

Com Rômulo, escrever é *imagear*, criar imagens. Ao aproximar o gesto de escrever e o gesto de fotografar, as antepoemas nos convidam a repensar a relação que cultivamos com as palavras e com a vida. Na fotografia, é através da lente, uma fresta, que a luz passa e inscreve uma imagem. Entretanto, assim como no livro, essa passagem não acontece em linha reta e sim através de um jogo de espelhamentos, reflexões e desvios. Parafraseando Rômulo, "é impossível sair ileso de um encontro" com a memória.

RODRIGO LOPES

artista, arte-educador e designer

antepoema

existo depois de amanhã
.apenas o "agora" é meu
alguns nascem no futuro.

[o estremecimento da vida]

nas subterrâneas terras *nullas* repletas de sementes, correm águas doces y salgadas que regam raízes sem começo y fim. Entre as raízes-infinitas da clausura particular dos mangues-negros ameaçados como os de Sabiaguaba y os da Barra do Ceará, mas também a semelhança das poluídas lagoas-esverdeadas do Grande Jangurussu y do Mondubim habita o grito primordial y o estremecimento da vida-possível encerrada em pote de barro com a tampa emborcada para o chão.

somos o lodo-da-Terra.

tremer é viver de abalos do mundo, é a recusa-comum dos sistemas, a recusa-comum de todos os sistemas constrangedores.

No abismo da Terra, o desconhecido y inextricável *magma* das superfícies que ao Tudo desafia, deságua no mar, que percorre y traça planos de fuga como imaginação, alhures. As mesmas águas que beijam pilares velhos de ferro y concreto que sustentam as ruínas da "Ponte-Velha" mar-adentro – cenário de pulos-mortais de gentes no pôr-do-sol do Poço da Draga.

na superfície árida y extraordinariamente estéril, *antepoetes* y *não-artistes* deixam rastros-vestígios entre becos y vielas íngremes, verticais y suspensas de favelas-brasilis.

poetas da inutilidade.
antepoemas: são escrituras nas "paredes" dos barracos de madeira, latas, barro, taipa e alvenaria, são *arquividas* que têm na língua a um só-tempo a palavra direta, *reengolida* y disfarçada y na carne inscrições em chagas y na mente escoriações da pedra, do aço y da madeira. Antepoemas são *falatórios.*

Imoye: o segredo da antipoema sussurrado por ma njanu que nos desafia a rasurar a norma, trapacear as infinitas métricas, declodir as máscaras do silêncio sem medo de se dizer poeta.

memória da carne, tato no encontro. Para essas entidades-hifenizadas [aquele Outro que foi feita uma não-entidade], o valor essencial é a terra garantidora da existência não-mediada pelo rosto da moral ou pelos pés y mãos do narcisismo maniqueísta do Mundo-Branco.

antepoemas são modos de tocar a carne, friccionar o mundo, tremer a Terra.

.é impossível sair ileso de um encontro.

rastros-vestígios

i.

fazer cabana em encruzilhadas
[atento]

o canto embolado, cantiga.
a escrita-ensanguentada
[escrita-relato]

ii.

o movimento é circular — em espiral invenção
no centro o teu cheiro-de-manjericão.
[rastros-vestígios-de-memórias de meus avós].

iii.

fixamos para diluir, rasurar a escrita-branca a nosso respeito.
.odu.
tornamos pública nossa escrita-poética:

[Èsú: guardião-da-encruzilhada]

dar caminho

uma árvore sozinha
enfeitando os desertos
quadrados y sem-raízes.

seguro caneta na boca
como quem segura-se no cachimbo.
sou [da] fumaça.

cruzo os punhos nas costas y ando.
caminhante, não boêmio.
tô chegando y já vou saindo.

o doce cheiro do limão corresponde ao sabor
das breves manhãs y das tardes
que nunca têm fim.

agarrado às bordas dos muros da irracionalidade,
a rua habita em mim.
sou [da] rua.

sendo-encruzilhada
observo, aprendo.
masco teus silêncios y cuspo tuas palavras.

não-durmo
finjo que cochilo.

um banco pequeno de madeira
y uma janela do imprevisível
dali ouço teu canto
y fumo tuas lágrimas.

porque minha palavra é uma navalha de cura,
y meus ouvidos oceanos de novos caminhos.

anoiteceu.
ainda bem,
ainda bem.

cícero

pivetada-toda ali na vila das memórias inventa deus

tem.po-ética dos encantes

indo para a escola gazeiam-aula
pulam muros
das árvores espiam mundos
comem jambo colhido de galhos-magros
das casa-alheia, dos alheios-olhares

com rapidez-silenciosa escalam possíveis
pulam abismos do próprio corpo
sem amarras
arrancam pés do chão y flutuam aos ventos

[Cícero voou por entre as folhas y não mais voltou]

barro-preto

para meus avós

i.

eu nasci y comi
pau-a-pique, taipa
água de pote
caneca de alumínio.

ii.

pele negra de meus avós
o cachimbo, o fumo mascado
o afeto-rastro-de-memórias.

iii.

vô-demétrio, preto-encurvado
pé-duro, chapéu-de-palha
chinela-de-arrasto, poeira
sertão...

vó-maria-véia, indígena-cabôca
o corte da foice-forte!
madeira, fogão à lenha
chibanca, saia rodada
pés-descalços
baião...

iv.

sou demétrio-maria-véia
feito de barro, memórias
afetos y histórias
não sou o que dizem que sou
me refiz!
parido da possibilidade,
ex-escravo da Verdade.

ayaná-tiê

para nívia tôrres

por todo sorriso,
toque y gesto de amor
[o cuidar nos gesta]

é um *continuum* des-aprender
respirar em outro ritmo
[y está apenas começando]

à sensibilidade das mãos das parentalidades-pretes-plurais.

o beijo na barriga, a expectativa
a vigília iniciada
os pequenos galhos do ninho que vai se formando.
[*coragemedo* y a fé renovada]

não é uma segunda chance,
é nascer de novo junto.
literalmente uma vida nova
[uma nova vida].

poema é também uma oração, uma reza.

do momento que soubemos até por toda a vida.
razão-de-viver
y melhor que podemos ser para nossa bebê
y com ela para o mundo.

virá na beleza singular
da cumplicidade y da possibilidade
do fim-do-mundo como o conhecemos
florescer a Terra
passarim-flôr, ayaná-tiê!

por tudo y por todo amor,
os guias que nos guardam,
nenhum mal te alcança.
reverência ao que nem cochila.

as crianças que nascem poemas y com elas possibilidades,
vida-em-abundância que não cabe na letra,
trans-bordam nossa carne.

denguinho-saltitante, minha-menina
somos a mamãe e o papai mais felizes do mundo!

da cumplicidade

para renato silva

o passado está no presente
y o futuro no estômago da gente.

a garganta que dá a ideia pelo certo
é a que produz vida para além y fora do instituído.

o pé ligeiro em acolher taticamente
é o mesmo que traça estratégias de sobre-vivência.

habitar vila na favela-do-barracal
[a casa era a vila, o barraco um "compartimento"]
a comunidade fora dos livros, dentro dos ossos da gente:

jogar bila até o "mia".
eu sempre miava y ficava puto
ao olhar meus amigos exibindo grandes baldes cheios de bilas.

um dos nossos gestos de "comunismo":
quem miava todo mundo sempre ao final das temporadas

fazia bambolim de toda a riqueza acumulada/conquistada.
até quem não brincava de bila disputava algumas...

zerar aqui não é o fim y nem o começo,
não é retornar ao nada.
zerar é sair rumo a outra coisa,
adiar, suspender a finitude y bagunçar o acúmulo.

comer no mesmo prato com as mãos com um copão de suco
ouvindo o som da vizinha tocando Racionais MCs
y depois forró Mastruz com Leite.
aos sábados o programa na AM "Brega-Puro" em casa de mãezinha.

quando não estava na rua comendo fruta-quente
em tempo de morrer de uma queda de cima dos pés-alheios,
estava na cozinha de casa, pois lá sempre tinha histórias pra ouvir...

os primeiros dias de aula me davam dor-de-barriga.
tanta ansiedade.
ciúmes do material novo para um ano inteiro.
ficar cheirando, olhando y alisando até acostumar.

caderno, lápis, borracha
y agora a coleção tricolor das canetas azul, preta y vermelha
[porque agora eu já aprendi a escrever, a copiar sem errar]
o corretivo tomava emprestado
y servia para colocar na cadeira dos desavisados
que ficavam com a bunda-branca motivo de riso geral.

encontro com livros eram raros, bricolávamos.

.nada muito programado, sem planos. Acontecendo.

.segunda-feira taí. Laróyé, Èsú!

eclipse

para lucivaldo silva

tudo que sabemos é pouco,
como veículo da morte,
a vida nos leva em seus braços.

com meu corpo suado,
meu rosto cansado y molhado
as lágrimas são cúmplices
de incertezas.

.atravessando sombras;
um cheiro, um perfume de flores amarelas
de toques vermelhos.
isso tudo de uma bela árvore, tarde de primavera.

a linha do horizonte nunca muda
apenas o sol brilha mais forte.
sempre quis olhar em seus olhos,
há coisas que não são [im]possíveis.

vejo mapas sobrepostos
no olhar da lua.
[habito mais de um ao mesmo tempo]
verbalizar silêncios y nomear padrões.
.o sol da meia-noite derreteu meus olhos.
.sou água de mar.

inventar-memórias

para conceição evaristo

inventar o futuro no agora-do-presente

instante
pausa

pausa do corpo
pausa da letra
pausa da voz

.sonhar com o direito ao silêncio
à medida que se quebra mandíbulas dos silenciamentos.

nada dorme
.há eternidades em cada história
tudo tem história, mas nem toda história é contada
// conhecimento // conhecida.

.saudades-do-futuro

na eternidade
não morrer na eternidade do esquecimento y da memória.
não morrer no ontem, existir no agora.

.como imaginar y imagear juntando cacos,
farelos-de-nós-mesmos?
.o mestre Cartola me chamou de amor y pediu uma pausa:

"ouça-me bem, amor, preste atenção, o mundo é um moinho..."

.esse texto-efêmero (mais um), nesse mar que pode caber entre as palmas das mãos y atravessar continentes ao toque de dedos chamado ecrã, não possui rascunho. Nasce agora y já está morto. Como a condição de muitas existências. Da maioria, aliás.

.o tornar-se dói, sabe...
tomar "consciência" do lugar que ocupamos no mundo.

milhares de páginas y páginas tentam me convencer feito cantiga de ninar que "não somos, estamos sendo".
sim, de fato.
não sou o mesmo de horas, semanas, anos atrás.

mas como posso remover essa gargalheira que me sufoca,
me culpa y atualiza cenas de sujeição a todo-instante?

.cada vez que eu a conheço, traço maneiras de removê-la, mas dói, fere...
será a imaginação a fuga da repetição?
há um jeito de removê-la porque houve (há) formas de mantê-la.

.cenas
de
su.je.i.ção.

.de.clo.dir:

.um quadro.
.uma cerca.
.uma visibilidade.

.clarão da meia-noite.
.luz-branca queima minha pele.
.ácido para meu estômago.

.o fardo da representatividade.

.a angústia y a saudade é ter sido criança um dia.
imaginar, inventar brinquedos.
mas também confiar y aprender a não dizer "sim" y "não".
ser arrastado pela reprodução.

.a ignorância y a inocência são privilégios Branco.

.junto-me a dona conceição evaristo y faço uma prece apenas:
"vida, me dá licença, me dá licença..."

.mais cedo, enquanto a água lavava meu corpo que ainda em parte dormia,
ouvi um acalanto de mamãe Oxum:
"Yèyé e yèyé s'oròodò, yèyé o yèyé s'oròodò
Olóomi ayé s'óromon fée s'oròodò".

.respirar na brecha para não morrer agora

meninos de deus

para o projeto social Meninos de Deus

inventar o campinho
no terreno-baldio
transformar isso em
anti-propriedade

no jogo de travinha da vida
as estacas são chinelas
y o gol só conta se for de arrasto
no negrume quente do asfalto esburacado.

de pés descalços
o con-tato acontece
com todo suor y sangue
de palavras y ações
de amor y fé reinventadas
inéditas:
gestos que não se desgastam
inundam o céu de nossos olhos
y o abismo de nossa carne.

ecoam possíveis
feito pedras lançadas ao abismo
mergulham na Utopia,
naquilo que nos falta.

a vida não cabe no campo
nas caixinhas dos mitos alheios
nas purezas ilusórias das cores

no campo de futebol
menines-pretes são deuses porque estão vivos.

no território brasilis de homens-donos-de-tudo,
é da boca de uma criança que a vida floresce sem romantismo
progressista
[sutilezas negacionistas].

porque se nascemos em mortes-adiadas,
insistimos na vida ainda sem nome.

fanons

para o Sarau da B1

a vida é um corre:
correria pelo pão,
pela con-si-de-ra-ção.
[considerar a ação — proceder]

entre os "becos" e os "asfaltos" das existências,
a fuga
a labuta, a luta, o luto
[que virou verbo-ação]

fazer cabana momentânea nas encruzilhadas das sobrevivências.

ficar atenta
desaparecer
simular. afirmar.
des-dizer.

as sobras e o excesso. funduras da carne.
aquém e além,

esta des-conhece o Ser
na medida que ultrapassa-o.

cidade-chafariz

para raimundo pereira

helicópteros cortam o céu da minha cabeça, da minha casa,
da comunidade da partilha

com suas hélices, em *looping*
[estremece]
treme minha casa
estremece minha carne.

cães [co] respondem com latidos-chorosos, uivando
os cria copiam, não dormem.

y eu continuo querendo o [im]possível:
acolher y potencializar a minha própria medida diante deste
caos-mundo.

tem um chafariz y uma cacimba logo ali, gosto do som que
a chuva faz ao tocar as telhas: água não somente para lavar o
corpo, mas para regar as memórias afetivas.

um casal de rolinhas caldo-de-feijão insistem em fazer um ninho aqui na área de casa.

.os pássaros dos quintais vizinhos já voltaram a cantar...

pássaro-inumerável

i.

a vida y a morte coexistem:
pássaro-errante, pássaro-metal.

uma multidão de aves-encarceradas,
exploradas y eliminadas.

a vida enclausurada na morte:

ii.

os aprisionamentos operam sob a lógica
da mutualidade: aquele que porta-as-chaves
é o que fecha cadeados.

iii.

as cidades y as favelas coexistem:
pássaro-modernidade, devir-pássaro.
multiplicidades pardais em extinção.

iv.

come-se o que se consegue,
trafica entre os becos e asfaltos do céu.

.o pássaro-inumerável veleja em bando.

tradução

minha língua tem três idiomas:
no teu gozo, uma.

afeto-pouso

— topografias minhas y suas formas de dizer

[não necessariamente nesta ordem]:

a) teu olhar-atlântico: há sempre o que experimentar, dar a conhecer y ser conhecido na travessia dos abismos — o encontro com o [des]conhecido: "a ressaca do mar" que me cativa, me abraça, me desestabiliza, y desmantela formas de dominação.

a poética do teu olhar — leitura y escrita no outro — prolongamento para além do aparente: a tua superfície é o mais profundo.

b) o teu feitiço-cheiro: tão único, tão teu. É daí sua força encantadora: por ser da ordem da feitiçaria, o teu cheiro é uma matilha de afetos — deixa rastros, vestígios. Permaneço impregnado.

c) o teu toque-tremor: a impressão y o dedilhar dos teus dedos estremecem o meu corpo — oxalá, fosse somente o corpo! O afeto-pouso dos gestos que habitam a morada do silêncio.

[...]

.é também com os olhos fechados que se fotografa as ausências das palavras, que se abraça.

entra em mim, entro em ti.

nossa pele é a roupa y o território a percorrer. Neste mundo, as possibilidades ganham outras formas — nos despimos do mundo das antinomias.

transgredimos para inventar. Entre bocas semiabertas, sussurros e gemidos... a espessura das palavras, os efeitos que a língua causa.

.por mais voltas que dermos, as palavras não pegam às cousas...

afeto-pouso: ir y permitir que fique — cada um é um mundo sem começo y fim.

bicho-da-seda

cingida na cintura por cordões causa [dores] de ciúmes.
[cinta de um corpo carinhoso a condução]
seus cabelos cheirosos, em [cara] colados y cênicos calam-me:
carnudos censurados.
[do corvo ao colibri]
chamam-me de cafona; cara caduco.
o cálido cadarço para meu consolo;
para camuflar cicatrizes do coração.
caro casal carregado a uma cidade de calamidades:
cervejas, cachaça e cigarros...
tem até cachimbo da chantagem,
que corrói o clássico casamento.
clepsidra conjura condição de concubinato,
no calmo clímax da chuva crio composições;
criações a confessar minha condolência.
cantai a cantiga da carne:
carnaval.
ó canibais caricatos!

à risca

são coisas efêmeras, autênticas y críveis:
é o singular
o suor noturno.
o vidro que se esfarela nas mentes.
o sangue que perde seu brilho, cheiro y gosto.
o susto esperado.
uma lágrima de idoso.
ciúmes de mim mesmo
um toque bem leve nos dedos
um abraço apressado
uma vírgula no lugar errado
uma rosa sozinha enfeitando o deserto, um humano — esquelético!
um sorriso sem graça
um grito calado.
uma virgem se masturbando
a língua que é uma navalha de prazer: o ventre que se aproxima suplicando
ser chupado.

uma imagem se desfazendo
um livro não lido
uma corrida em círculos
excesso de informações
uma vontade de amar sem ser vulnerável — esquife do egoísmo!
um soneto sem rimas.
uma caravela perdida em alto mar.
um olhar vazio
um ferimento que não cicatriza.
janelas fechadas por toda a vida.
[globo ocular girando: boca acoplada no mamilo — gemidos...]
dormir sozinho por toda a vida.
uma queda quando se quer estar firme
uma carta sem destinatário

uma vida
uma morte
um sonho
uma realidade
um ponto final.

teus lábios cor-de-café

deslizo os dedos sobre as páginas
na superfície da textura
mais profunda

toco as topografias
do teu antecistema-braille
cada-carícia-um-mergulho
dos dedos que chamam
scratch com a língua
improvisam uma dança

pinga, escorre y desliza
nos tremores da carne, na recusa
sem medo da morte

sampleando nossos gemidos
[sem antevisão]
dilatam as opacas pupilas
de nossa escuridão

y novamente
desabrocham os lábios
que já haviam me devorado
com teu sorriso-de-canto-de-boca
revela:

— "gosto bem quente y sem açúcar!"

serigy

para nívia tôrres

pássaros velejam céus profundos

do teu sorriso
y olhar que impregna
cheiro de alecrim com camomila

os mangues dos teus beijos
as pegadas dos teus abraços
fizeram ninho em meus galhos-baixos

o doce-amargo das idas
y vindas dos barcos
as sepulturas sob o oceano
a náusea
de um mundo estilhaçado

pedaços de afetos
que logo se juntaram

o encontro da carne y da semente
florescência

do lodo
às margens dos rios
entre brisas y correntezas
de nossas entranhas
formas inéditas de vida
[passarinho-flor]

então,
permanheço
no dengo
das águas mornas

de tuas manhãs

anfi-teatro Jangurussu

para o cuca roots [entre 2016-2017]

o concreto também se dissolve
nos abraços demorados
na viagem sem malas prontas
no "corre do louco" — empregatício [in] visível
o preço do sangue que escorre arquibancadas
alimento pra cabeça mata a fome
[só por hoje]
talvez, quem sabe...

ele pode ser a bela vista...
pode ser o nascer y o pôr-do-sol:
a soma dos abraços esperançosos,
do racha improvisado em círculos.

pode ser palco da noite ensolarada: razão dos bailes autônomos.
— "Chega aê no rolezinho ou no reggae pra dançar agarradinho."

arena das resistências por vezes planejadas
dos sorrisos espontâneos
dos gestos aleatórios,
[in]definidos em si
da lágrima incontida y compartilhada

das memórias feitas do concreto dos afetos.

Jan [janelas] / **gu** [guris] / **ru** [rua] / **ssu** [suave].

toda dança é fugitiva

para Eaí, população!?

confinades em isolamentos sociais,
lockdown.

— "Eu não consigo respirar"

Como dançar debaixo d'água?
a dança que se dança nos céus dos abismos
tomar fôlego, recitar para não sucumbir

dançar como felinos da noite
flutuar sobre os telhados cor de sangue
lodo, caeira y barro-preto

sarau é poesia-inumerável,
canto dos pássaros-pardais

[dançar sobre o
Ôrí — recitar o Ôrí. Ôrí Ô]

um-artista-periférico:
cara de paquetão colorido
pés-descalços, fragilidade do mundo.

sob os holofotes da noite
luminosidade-negra é movimento
deixa rastros. Pensamento.

.um *roots* sem-fim
ferve ainda aqui
caldeirão de gente preta
favelada.
— "olha a pedra!", gritou.
— *Sister Nancy*!
— "Bam Bam..."

réquiem para prete

[a repetição do Mesmo ou uma morte cotidiana]:

uma seleção preta-migrante na final da Copa do Mundo
no dia internacional do migrante
uma charge racista dos @jornalistaslivres
defensores da democracia liberal y dos direitos humanos

no cambão

durante a consulta médica

na intelectualidade acadêmica mais desconstruída que se tem notícia

no partido político que não me filiei

nos jornais de hoje, de ontem y de amanhã

no medo dos cidadãos-de-bem

no mas, no entretanto, no porém, na vírgula, na episteme, na representatividade, no algoritmo, nas pirâmides de certezas

viver nos mitos dos outros

a morte adiada nos jardins da democracia liberal y imediata
em seu quarto de despejo.

nas árvores amputadas aos montes
a expropriação de toda-vida. do vivo, do vivente_
o plástico nos rios, oceanos y no ventre da gente.

nos olhos mais bem intencionados

o que possibilita estar aqui y escrever esse texto.

no delírio que é este Mundo-Branco.

oração da Branquitude

eu sou o Caminho, a Verdade y a Vida
ninguém vai a Hegel ou a Kant, a não ser por mim.

se-eu-sei-todo-mundo-sabe

eu, logo, menos o outro.

Amém!

narciso

excesso de luz
        b.r.a.n.c.a
y
a
gente
se-fode!

a recusa-comum
em voz-contínua
para entrever
o Desvio

casa-mundo

para luciene maria

[re]pouso na imaginação das paisagens:
artífice da habitação
pensar o chão da casa-mundo

taipa-de-mão, chão-batido
sem-fundações, chão-batido
tecituras de cipós, chão-batido
ele mora numa casa de palha.

amarração forte

no subterrâneo da casa-embarcação
suspensa sobre o seu lodo,
incontáveis calangos rastejam.
Novo Mundo: acumulação de destroços.
barraco-ocupação:
políticas do Despejo,
especulação imobiliária do Tempo.
casa-caeira:

bando de máquinas em greve,
a combustão da carne como técnica.
[cana-de-açúcar, algodão, grãos de café]
Casa-Grande:
o ritmo dos algoritmos,
a dança imaterial y infinita
que pressupõe a matéria do silício y do deutério
y o cobalto do nosso *hardware*
acumulação de morte anunciada de crianças no Congo.

do gesto enraizado:
entre as arquiteturas em barro-preto
y janelas de madeira,
as escoriações da palha do telhado
y do ferrolho enferrujado.

casas-escarificadas:
eu esperei na paisagem dos murais
vi esculpido Preto Velho sentado com seu cachimbo
y lembrei do vovô demétrio.
toquei nas infinitas camadas de sua pele de barro
e ouvi o som de muitas águas.
as mãos negras lisinhas e os pés ásperos

com suas inumeráveis fendas
labirintos sem começo e fim.

— "Levantei as 5 horas e *fui carregar agua.*", disse carolina maria de jesus.
a cacimba, as vertigens do abismo
soltar a corda para em seguida puxar o dia.

cheiro de café,
cheiro de terra-molhada,
cheiro do canto dos passarinhos.

banho de cuia
água-de-pote
no limiar da porta
um prato com feijão e farinha
o capitão-da-vovó
y um copo de suco docinho.

na casa-chão, um livro da capa verde
observo aqueles olhos de minha mãe
correrem as linhas-leituras
os portais que se abrem de sua boca
para os fortes ventos às duas da tarde

que não sabe de onde vem e nem pra onde vai
sensibilidade dos búfalos y força de uma borboleta.

a recusa-comum em voz-contínua para entrever o Desvio:
— "A gente combinamos de não morrer!"

sorriso que acarinha.
silêncio que não aterroriza.

— Meu filho, preste atenção.
E disse-me deslizando o dedo sobre as negras grafias:
— "A terra é meu quilombo. Meu espaço é meu quilombo"
(Beatriz Nascimento)

a casa estava lá-aqui.

Gaza

para o garoto palestino que dançou e dança. apesar

abaixo deste leve y transparente tecido
as nossas ruínas
toda impura beleza
sob o sol incandescente
toda im-possibilidade
y teimosia sobre-vivente

caso não possa tocar
ou observe sem respirar,
sinta!
[*hapticalidade*].

esta criança palestina em Gaza
/ na quebra ~
dança sobre os escombros
a plateia possível canta o fim do Mundo
a base do *flow* é também o zumbido
dos drones israelenses
ao longo y ao indiferente

os *likes* y compartilhamentos
de ausências pertencentes.

nas telas
nossas feridas abertas
são cancros dormentes
de um mundo que é sepulcro caiado
sem esmaltes nos dentes

nosso chão é um A2,
de bailes-reggae
inumeráveis
pivetes vindo das quebradas
de todas as zárias

toca Dezarie,
Love in Your Meditation
[se a invenção-destruidora é como remédio
y o amor é uma condução de olhos fechados,
consentimos em não ser um único ser,
para ecoar o deslizamento de Édouard Glissant]

Fortalezas cercadas dos sub-comuns
acerca das árvores mortíferas de aço

fora-da-vista dos ômi
e de seus olhos-droni
uma beca de veludo
Mancuda
y um *beck* na mente

nas esquinas
as caminhantes-sonoras:
cantam Mumutante, Ma Dame
Mateus Fazeno Rock
recitam Stefany Mendes
Kieza Fran Nascimento
Ma Njanu
com suas línguas-bifurcadas,
a favor do Direito à Opacidade,
inventam poéticas da
ante-memória, antepoética, ante-história.

de quebrada,
forró de favela
y os veti nos passim
nata Fortalcity
ao som
dos

paredão do
ministereo-público
Sound de System
sou, Soul de System!

ANTEPROPOSTA

NÃO HÁ COMEÇOS ABSOLUTOS. HÁ TODO-INSTANTE UM AO LONGO QUE FLUI POR TODOS OS LADOS, COMO ÁGUAS DOCES E SALGADAS POSSIBILITANDO CAMINHOS, IMPREVISIBILIDADES

SOMOS ÁGUA, O LODO E A PRÓPRIA FRONTEIRA

PRECISAMOS INTERROGAR O ESPANTO E A NATURALIZAÇÃO DAS VIOLÊNCIAS

GOLPEAR IMAGENS SEM RECUAR

SE OPOR AO PENSAMENTO DO "EU-MENOS-O-OUTRO"

TODA FORMA DE CANCELAMENTO É COLONIALISTA. FIGURA COMPLEXOS E FISSURAS

NARCISISTAS, INCLUSIVE, HIPÓCRITA, LEGALISTA E NEGACIONISTA. ANTÍPODAS DA GENEALOGIA DA MORAL

A TENTAÇÃO DE SER MODELO/REPRESENTANTE NASCE DO DESEJO DE SOBERANIA E NÃO DA VONTADE DE POTÊNCIA

A DEMOCRACIA DE ESCRAVOS MUDA PROVISORIAMENTE OS LUGARES DE PODER, CONTANTO QUE MANTENHA-SE A RELAÇÃO, ISTO É, SUA LÓGICA DE FUNCIONAMENTO: VERTICAL, HORIZONTAL, SELETIVO E DESIGUAL

HABITO O AVESSO, CAMINHOS ÍNGREMES E QUENTES DO CAOS, ESPIRAIS-ENCRUZILHADAS QUE NÃO SE DEIXAM NOMEAR

O SERVIÇAL DO INTERIOR DA CASA-GRANDE, AO APRENDER E ADENTRAR OUTROS CÓDIGOS DE LINGUAGEM E CONDUTA, INCORRE NA POSSIBILIDADE DE NUTRIR O AUTO-ÓDIO: O SOBREVIVENTE DA CASA-GRANDE NÃO SO-

MENTE DESEJA A ELIMINAÇÃO DO OUTRO, ELE TEM PRAZER EM VÊ-LO SUCUMBIR

AS POLÍTICAS DO ÓDIO, DO MEDO E DO TERROR CIRCULAM NA E ENTRE A PLANTAÇÃO, A SENZALA E A CASA-GRANDE. TOMAM FORMAS E CONTORNOS DISTINTOS E SIMILARES. A REPETIÇÃO E O MESMO

NESSA ANTIECONOMIA, POR NÃO PARTICIPAR EFETIVAMENTE DE NENHUM TIPO DE HUMANIDADE, ELE INSISTE, ELE BAJULA, MAS SEU FIM É O AÇOITE, A HUMILHAÇÃO E A PROMESSA DE UMA RECOMPENSA ADIADA. TALVEZ EM OUTRA VIDA JUNTO AO ONIPOTENTE, ONIPRESENTE E ONISCIENTE

O PEDAGOGO DA CASA-GRANDE QUE É UM CATECISTA-BANCÁRIO, POR SUA VEZ, DISPUTA CERTO REGIME DE VERDADE, CANCELA E REPLICA O CANCELADOR, REIVINDICA SER O MILITANTE-ISENTÃO QUE JÁ LEU PAULO FREIRE, MAS SÓ CONSEGUE TECER UMA CRÍTICA

NA DISPUTA POR OUTRA ECONOMIA: A DO LUCRO-SILENCIOSO

O SOBERANO É BRANCO. ELE PERFORMA UM MUNDO-NEGRO E ALIMENTA-SE DE SUA CRIAÇÃO

DESPISTADOR E INVENTIVO, CADA CORPA--DANÇANTE E CARNE-NEGRA É UM QUILOMBO. SOMOS A PRÓPRIA FUGA, A PRÓPRIA DANÇA. FUMAÇA E CINZAS. NÃO SOMOS, ESTAMOS SENDO. SER-SENDO.
DAR-COM.

REVERÊNCIA A TODA FORMA DE AQUILOMBAMENTO-CRIADOR. BEATRIZ NASCIMENTO E UMA MULTIDÃO ESCREVE COMIGO.

"QUE TODOS VIVAM O GRANDE CONCLAVE QUE É A TERRA. O GRANDE CONSELHO QUE É A TERRA"

É NA FRAGILIDADE DE TODOS E DO TUDO QUE HABITA A RELAÇÃO E O POSSÍVEL, O INVENTIVO E O TRANSGRESSOR

.GARGALHAMOS.

um-sa!v3

às que [quase-sempre]
confiam desconfiando

[posfácio]
somos ancestrais do futuro

repousar, renascer, reggae. ser de system, quebrar o cistema, criar nova língua, transgredir a poema. Rômulo, esse livro me deu um rebuliço dentro do corpo, como se insistisse em dizer: "gargalhar é preciso".

outro dia, um livro de capa verde estava em cima da mesa lá de casa. edição de 1963, título: "as plantas curam". com ele, meu pai me curou muitas vezes. cura é uma encantaria de existência, uma tecnologia de sobrevivência. para se ter saúde, buscamos cura deste mundo que nos adoece, principalmente quando se é prete, dissidente e de favela.

cícero quando voa me lembra caio quando mergulha. que os nossos permaneçam vives, fisicamente e em memória. nós, que queremos o [im]possível, inventamos novas rotas de colisão mas precisamos de pausa, de silêncio, de pouso, de gozo.

eu imagino como seria um coral de gargalhadas na madrugada de uma favela. todes nós rindo ao mesmo tempo em uníssono; como seria se um dia a calmaria se instalasse e não precisássemos de tanta correria; se nestas mesmas favelas, não se precisasse acordar querendo saber o que vai se comer amanhã.

eu, assim como Carolina, queria ver o brasil, o ceará, fortaleza e sobral sendo governados por alguém que passou fome. as paredes do caiçara, do sumaré, do alto novo, dos terrenos novos, do josé euclides, do conjunto ceará, do bom jardim, do jangurussu, já presenciaram fome de comida e de cultura. mas não pode ser mais assim.

não rezamos as orações das branquitudes. nós bagunçamos o acúmulo e o futuro dos poderosos. encruzilhamos os caminhos de quem cola com a gente.

criamos as nossas bibliotecas. bibliotecas-Carolinas. bibliotecas-Erês. bibliotecas-refúgios.

"nós queremos o [im]possível."

sabemos que a correria é necessária mas não é romântica. nós, que criamos nossas gambiarras e insistimos em inventar, não paralisamos. nossas ideias planam em voos potentes. nossos sonhos ainda respiram. somos pássaros que caminham olhando para trás, sankofas.

"nós queremos o [im]possível."

tatuamos as memórias na carne. morremos e renascemos todos os dias. sussurramos segredos e encantarias. nos fortalecemos nos encontros. aprendemos com quem já foi. "quem não senta pra aprender, não levanta pra ensinar", como aprendi na peça "Navalha".

somos ancestrais do futuro.

o futuro que começa no primeiro respiro de ayaná-tiê.

"nós queremos o [im]possível."

e teremos ele na palma de nossa mão.

caminhos abertos.

territórios livres.

os nossos vives.

e uma gargalhada cortando o silêncio de uma madrugada na favela, seguida de um "Bam bam", não de bala, mas de pedra. Sister Nancy.

"Bam bam dilla".

KIEZA FRAN NASCIMENTO
poete, mediadore de leituras e produtore cultural

gente que nem nois

Não consigo pensar no impulso teimoso de fazer um livro de antepoemas na tora e não lembrar de Talles Azigon e nos 3 saral, no que existe antes e depois de um livro publicado por um de nós, no quanto a nossa livre travessia fere uma cidade ainda mais quando ousamos falar, falar entre nós, falar ante tudo com um riso gigante no rosto sobre nós.

Aqui eu vejo.

Livro de poemas. Livro para não explicar, para os mistérios, para os entendidos em ser quem somos, para ser caminho aos que são quem somos e lentamente ainda estão caminhando.

Para nois. Para nois poesia não é qualquer coisa.

Para nois poesia é questão de sobrevivência.

Para nois que andamos por essas ruas e entrecruzamos nossas histórias a poesia nunca será coisa qualquer.

Nois sabemos bem fazer de todas as coisas a poesia necessária, cheia de água, cheia de fogo, cheia de amor, cheia de raiva.

À poesia-retomada que caminhou por essas páginas que encontre nas ruas dessas cidades todas do mundo gente que nem nois, sabida, fundamentada, furiosa, estratégica, apaixonada.

Livro teimoso de Rômulo Silva.

MATEUS FAZENO ROCK
poeta, músico e compositor

Rômulo Silva
nasceu em Fortaleza (CE), em 1987. É jornalista, mestre e doutor em Sociologia pela UECE. Poeta, pai de Ayaná Tiê e professor, esse é o seu primeiro livro de poemas e outras escrituras reunidas. Com participação em algumas publicações entre os campos da literatura e da fotografia, sua escrita dialoga com a estética preta radical das diferentes coletividades do Brasil.

PRIMEIRA EDIÇÃO
–INVERNO–
COTIA
MMXXIV